AF612388

Federico Toro

UN GIORNO TI ODIERÒ

#readingwithlove

Questa è un'opera di fantasia. Qualsiasi riferimento a fatti o persone della vita reale è puramente casuale.

Terza edizione

ISBN: 9791280555120

Editing

Susanna Barbaglia

Grafica di copertina

Alessandro Nodari

Immagine di copertina

Arnaldo Erdassion

Seguici su Facebook (readingwithlove.official),
Instagram (readingwithlove_official) e su
www.readingwithlove.it

Venerdì

È da ore che non si fa vivo. Non mi chiama, non m'invia un messaggio. Bastardo! Non so cosa fare, giro a vuoto, mi siedo sul divano, accendo il televisore e come una pazza isterica cambio canale.

Alla fine spengo. Porto le mani alla bocca, comincio disperatamente a rosicchiarmi le unghie. Vorrei piangere, non ci riesco, non ho più lacrime e poi mi chiedo perché dovrei piangere per un bastardo.

Abbasso lo sguardo e mi vedo riflessa in un vassoio, i capelli completamente stravolti e le occhiaie quasi mi coprono il viso. Perché mi sono ridotta così?

Squilla il telefono, corro per afferrarlo e inciampo nel filo della lampada, un rumore di vetro squarcia il silenzio della stanza.

«Pronto. Sì, mamma, ho mangiato, ma sì che ho dormito. Ti dico che va tutto bene. Sì, che mangio. Ciao».

Ci si mette anche lei, e lui non chiama… perché?

Bevo un bicchiere d'acqua, guardo una nostra foto poggiata sulla scrivania e continuo a domandarmi perché, ma non riesco a trovare una risposta. E un'immagine ossessionante continua a penetrarmi nel cervello come un ago sottile. Vorrei cancellarla, ma più tento di eliminarla dalla testa, più diventa nitida, luminosa, precisa.

Loro abbracciati, nudi nel mio letto, i corpi avvinghiati, sento i loro gemiti, i respiri ansimanti.

Scappo in bagno in preda a un violento conato di vomito. Sdraiata sul pavimento freddo provo a rialzarmi. Mi siedo sul bordo della vasca e raccolgo il viso tra le mani e appena chiudo gli occhi ritorna la scena.

Se un treno mi avesse preso in pieno mi avrebbe procurato meno dolore. Rivedo il suo sguardo strafottente di chi non prova alcun rimorso.

Ho avvertito l'impulso di uccidere, di compiere una strage, una carneficina, invece sono rimasta pietrificata, mentre lui si rivestiva con estrema calma e la puttana, distesa nel letto, mi guardava con aria di sfida.

«Mi fate schifo!» ho gridato.

Sono scappata via e il bastardo nemmeno ha tentato di fermarmi.

Ho girato senza meta con l'auto tutta la città per più di due ore e poi esausta sono tornata a casa.

Fredda, silenziosa, buia. Ho avuto il barbaro coraggio di entrare nella stanza da letto.

Le mie lenzuola stropicciate, sporche di rossetto. Ho respirato il suo profumo forte e disgustoso tipico di una prostituta.

Ho preso le lenzuola e le federe, le ho strappate con rabbia urlando: «Bastardo!».

Stremata e svuotata passo la notte sul divano.

* * *

Lo squillo del telefono.

«Pronto. Ah, sei tu! No, non vengo allo studio. Non so quando tornerò… ti ho detto non so quando tornerò! Lasciatemi in pace!».

Scaravento il cellulare contro il muro, poi lo raccolgo, mi assicuro che funzioni, lui potrebbe chiamare. Ancora una volta vorrei dargli una possibilità.

Quante opportunità gli ho dato nel corso di questi anni? Quante?

Non riesco più a contarle. Mi ha tradita di continuo, e io sempre pronta a perdonarlo, a far finta di nulla.

Lo lascio, oggi vado via, non può torturarmi, è un'angoscia insostenibile, mi sono ripetuta. Invece no. Non ci sono mai riuscita.

Ecco, ritorna quell'immagine, sto male, mi sento mancare.

Perché proprio lei? Perché?

Mi aveva giurato di non vederla più e io stupida ci avevo creduto.

Mi ripeteva sempre…

«Di cosa ti preoccupi, è la mia ex, tra di noi non c'è più nulla».

«Allora mi ami? Mi amerai per sempre?».

«Certo, ti amerò per sempre».

Mi guardo allo specchio, mi faccio pena, e grido:

«Sei una cretina!».

Con un pugno colpisco la mia immagine riflessa, avverto un dolore lancinante alla mano, vedo cadere il sangue sul pavimento. Corro in bagno, apro l'armadietto dei medicinali, nessun cerotto, scaravento tutti i farmaci per terra e trovo una garza. Passo la mano sotto il getto del rubinetto, il sangue continua a uscire, vorrei quasi non fermarlo, poi, avvolgo la mano nella benda.

Mi dirigo in cucina, voglio prepararmi qualcosa da mangiare anche se ho lo stomaco in fiamme. Friggo un uovo, poi cambio idea e butto tutto nella pattumiera.

* * *

Sono stanca. Sdraiata sul divano vorrei tanto chiudere gli occhi, ma ho paura, ho il terrore di rivedere la scena.

Mi alzo, mi sento sola e avvilita. C'è un tale silenzio in casa che riesco a sentire i battiti del cuore.

Perché non chiama? Prendo il telefono, compongo i primi numeri del suo cellulare, poi mi blocco, cosa sto facendo?

Mi risiedo sul divano e con gli occhi sbarrati fisso il soffitto. Penso a tutte le volte che mi ha umiliato davanti ai nostri amici senza alcun ritegno. Il dolore al centro del petto si fa sempre più intenso, le lacrime scendono sul viso e la fitta un po' si attenua.

Squilla il telefono. È lui, ne sono sicura, è lui, lo lascio squillare, tremo come una foglia. Al quinto squillo emetto un flebile "pronto".

«Perché non mi lasci in pace! Va tutto bene. Cosa dovrei fare? Lo so che è un bastardo! Me lo ripeti da otto anni… vorrei morire. No! Non ti azzardare a venire, non ho bisogno di nessuno. Mamma ti prego, smettila!».

Riattacco bruscamente.

La mano ricomincia a sanguinare, la garza è intrisa di sangue. Vado in bagno, ne cerco altre nell'armadietto. Non le trovo.

Sfascio la benda, il taglio è profondo, servirebbero dei punti. Mio Dio! Il sangue continua a uscire. Prendo un pezzo di lenzuolo strappato e ci avvolgo la mano.

Ho la maglietta imbrattata di sangue, attaccata alla pelle. Devo cambiarmi. Entro in camera, mi dirigo velocemente all'armadio, non oso guardare il letto, prendo una camicia e un jeans ed esco dalla stanza.

Mi ributto sul divano e penso di doverlo lasciare, mi ha fatto troppo male in questi anni.

Visioni, scene affollano la mente, tutte dolorose. Mi assale l'ansia nel ricordarmi di quel biglietto rinvenuto nella tasca della sua giacca.

Nemmeno provò a giustificarsi…

«Cosa vuoi che sia, è solo un'amica, tutto qui».

«Solo un'amica? Un'amica che scrive: Ieri notte è stato stupendo».

Perché non l'ho lasciato… perché?

Sembra che lo faccia di proposito. Ogni volta lo supplico di non farmi soffrire e puntualmente una puttana di turno si insinua tra di noi.

Per lui è un gioco, un passatempo. Perché non mi lascia e va via con una delle sue donne?

No! Non può farlo, è comodo tornare da una moglie pronta ad accoglierlo a braccia aperte. Forse mi ama.

Dove sarà ora? Perché non chiama? Starà con quella.

Non avevi calcolato il mio rientro, vero? Invece, il mio appuntamento è saltato e vi ho sorpresi a letto. Cosa mi dirai ora? Quali scuse inventerai? Ma sì, è solo la tua ex e stavate chiacchierando comodamente sotto il piumone.

Mi fai schifo!

Qualcuno sta suonando.

È lui? Cosa faccio?

Apro.

«Ah… grazie, la posta. Tutto bene, ho solo un terribile mal di testa. Niente, è un piccolo taglio. Grazie mille, arrivederci».

Ci mancava pure il portiere. Avrà capito tutto. Quante ne avrà viste salire mentre ero allo studio, forse, anche lui ha perso il conto.

Che vergogna. Che umiliazione.

* * *

Prendo il telefonino, mi avrà inviato un

messaggio. Nulla.

La mano comincia a gonfiarsi, dovrei andare al pronto soccorso. E se lui torna? No, non posso muovermi da qui.

Da quanto tempo andava avanti la relazione? Mi sa che non si erano mai lasciati. Perché la puttana non pensava al suo di uomo?

Sì, potrei contattare il marito.

Faccio uno sforzo di memoria per ricordarmi il cognome. Su *Google* rintraccio il numero telefonico dello studio dentistico.

Ci sono. Compongo il numero. Primo squillo, secondo, terzo. Riattacco appena sento la voce della segretaria. Mi manca il coraggio.

Anche se avessi parlato con lui, cosa gli avrei potuto rinfacciare? *Sua moglie è una puttana e va a letto con mio marito.*

Forse lo sa già. Mio Dio… sono ridotta uno straccio.

Sto così male, vorrei dormire, potrei prendere un sonnifero. No, devo essere sveglia, devo affrontarlo, questa volta il bastardo me la paga.

Questa volta cosa? Sono una cretina! Una povera imbecille, ma non posso fare a meno di lui, giuro di averci provato…

Un pacchetto rosso, cinque mesi fa… lo scopro in un cassetto, la tentazione è forte. Lo apro con delicatezza, in modo poi da richiuderlo senza lasciare tracce.

È un braccialetto d'argento con otto ciondoli di brillanti a forma di cuore. Si è ricordato del nostro anniversario. Sono felice. Due giorni dopo il pacchetto sparisce, e lui nemmeno si è ricordato della ricorrenza.

A quale puttana lo hai regalato?

E io zitta, non ho proferito parola, come se non fosse accaduto nulla.

Ricomincio a piangere, è una tortura, uno stillicidio.

Mi avvicino alla finestra, comincia a piovere. Sembra che le condizioni atmosferiche si adeguino alla mia disperazione.

Cosa ha da guardare quella? Sì, proprio tu, cos'hai da guardare? Anche tu ti sei scopata mio marito? Coraggio, dillo… anche tu? Quando è successo? La settimana in cui ero fuori per lavoro? Ah, no, quando mia madre era in ospedale?

Mi blocco. Cosa sto facendo? Nemmeno può

sentirmi, mi crederà una povera pazza impegnata a recitare un isterico monologo. Ma io davvero sto impazzendo.

Sento freddo, molto freddo. Vorrei scaldarmi con il camino ma la mano mi fa male, non riesco a stringere l'accendino tra le dita. Utilizzo i fiammiferi. Ce l'ho fatta.

Mi rannicchio sul divano e mi avvolgo in un plaid fissando le fiamme crepitanti.

Un tuono fortissimo mi fa sussultare. La casa diventa sempre più buia, dovrei accendere la lampada ma non ho la forza di alzarmi.

* * *

Apro gli occhi. L'appartamento è immerso nell'oscurità. Una luce tenue arriva dal camino. Con uno sforzo accendo la lampada o quel che resta della lampada. Controllo il cellulare. Niente. Né un messaggio, né una telefonata.

Provo a chiamare. Voglio sentire solo la sua voce e poi riattacco. Lo giuro. Compongo il numero, il cuore mi batte all'impazzata. Telefono spento.

Maledetto! Sono sicura che stai con lei.

La fiamma si sta esaurendo, aggiungo della legna.

Altri ricordi affiorano e la mia anima è dilaniata da desolanti pensieri.

Rivedo la scena di due anni fa. Volevo fargli un'improvvisata, e così, sono andata sotto il suo studio ad aspettarlo...

Esce. Non da solo. È abbracciato a una delle sue segretarie. Poi, prende il suo cellulare, compone un numero e contemporaneamente il mio squilla.

«Pronto amore, scusa, questa sera rimarrò in ufficio un po' più del previsto, non mi aspettare per cena».

«Ma vai all'inferno, bastardo schifoso!».

Riattacca. Guarda la sua bella, le sorride e insieme vanno via.

Quando rientra a casa, gli dico di averlo visto.

«Per questo motivo ti sei tanto arrabbiata? Ma andavamo a una cena di lavoro. Quando la smetterai di essere così paranoica?».

Perché gli ho permesso di trattarmi così?

Dio, dammi la forza di lasciarlo!

E poi? Cosa farei senza di lui? La mia vita non avrebbe senso. Ma che vita è questa?

La testa mi scoppia, ho bisogno di una pillola. Vado in bagno, rovisto tra le scatole sul pavimento. Eccole.

Mi verso un bicchiere d'acqua e ricordo di essere digiuna, allora prendo un pezzo di pane duro. Do un morso, ho la gola talmente chiusa che non riesco a deglutire.

Bevo e mando giù la pillola.

Mi sdraio sul divano, mi viene da vomitare, scappo in bagno ed esce anche l'anima.

Mi sciacquo il viso, mi guardo allo specchio, sono irriconoscibile, sembra di vedere un'altra persona, mi faccio pena e vorrei aiutare la donna riflessa nello specchio.

La testa continua a battere inesorabile come se avessi dentro al mio cervello un martello pneumatico. Ormai, avrò vomitato anche la pillola.

Mi lascio cadere di nuovo sul divano e tento di rilassarmi. Chiudo gli occhi ma quel martello batte nella mia testa a ritmo serrato.

* * *

Vedo loro abbracciati, si strusciano, si baciano, lei mi guarda, poi scoppia a ridere in una risata rimbombante. Io vorrei fermarli ma sono pietrificata, e lei ride, ride e il bastardo continua a baciarla, a toccarla, a stringerla. Io lo imploro di fermarsi, di smetterla, ma sono immobile, non riesco a muovermi, sono costretta a guardarli, è il loro modo di umiliarmi. Le loro risate diventano sempre più forti, sempre di più, di più.

Mi sveglio di soprassalto, respiro a fatica. Scoppio a piangere.

Era un incubo, ma la realtà non è poi così diversa.

Una notifica sul cellulare, un messaggio in segreteria.

Finalmente, è lui, trepidante ascolto il vocale. No, è la mia amica. Mi dice di richiamarla.

Compongo il numero.

«Ciao. No, non ha chiamato. Ti prego, almeno tu,

non ripetermi le stesse parole di mia madre. Dimmelo tu, che cosa devo fare? È facile per te, hai un marito che comandi a bacchetta! Scusa, non volevo dirlo, ma sono disperata. Lo so, è una situazione che va avanti da anni, ma ho paura di rimanere da sola. Potrei avere centomila uomini, sì, la solita cantilena. Io voglio lui. No! Non è vero, mi ama, lo sai com'è fatto, ha bisogno di conferme, vuole sentirsi protagonista, al centro dell'attenzione. Forse, la colpa è anche mia, molto spesso lo trascuro, dedico più tempo al lavoro che a lui. Non lo sto giustificando… è la verità! Ora scusa ma… d'accordo, ti farò sapere. Sì, stai tranquilla, ciao».

Riattacco.

All'improvviso, un pensiero agghiacciante mi fulmina. E se si fosse portato a letto anche lei?

Cosa sto dicendo? Mio Dio, ti prego, con lei no!

Intanto, a cena a casa sua, due settimane fa, ho notato i loro sguardi d'intesa, i timidi sfioramenti di mano e il continuo sussurrarsi frasi all'orecchio. E l'imbecille del marito non si è accorto di nulla.

Devo cancellare il pensiero prima che mi distrugga, con la mia migliore amica no. Non

riuscirei a sopportare anche questa.
Mi sento male, mi sento svenire, devo mettere qualcosa nello stomaco. Mi precipito in cucina, apro il frigorifero, trovo della pasta fredda e comincio a mangiare.

* * *

Riprovo a chiamare. Spento, sempre spento. Dove sarà? Un'immagine si manifesta. Corro in camera e sul comodino vedo il suo cellulare.

Per la fretta ha dimenticato il telefono. Una grande occasione per controllare le sue chiamate.

Lo accendo. Ha inserito il pin.

Non posso arrendermi, devo recuperare a tutti i costi lo stramaledetto codice.

Mi precipito alla scrivania, rovisto tra le carte. Dov'è? Credo di averlo visto qualche giorno fa. Era scritto su un foglietto giallo.

Prendo il cassetto e rovescio il suo contenuto sul piano.

Trovato! Non è mai stato bravo a nascondere le

cose.

Compongo il pin. Verifico le sue chiamate recenti e mi sento invadere da un'angoscia atroce. Le ultime dieci sono tutte dirette alla puttana.

Adesso la chiamo. Sì, la chiamo. E se il bastardo è con lei?

Non importa. Meglio. Invio la chiamata, ho il cuore in gola. Primo squillo, secondo, terzo, quarto, quinto…

Cade la linea.

Ci ritento, il cellulare continua a squillare. Nulla.

Maledetta puttana, perché non rispondi?

Sto chiamando dal cellulare del bastardo, avrà capito che sono io. Probabilmente lui le dice di non rispondere.

Allora è con lei! Perché non torna a casa?

Ti prego torna! Possiamo parlarne, cercare una soluzione.

Che cretina. Quale soluzione? È solo un bastardo, ti tratta peggio di una bambola di pezza.

Ho la bocca completamente asciutta. Vado in cucina, ho lasciato il frigorifero aperto, mi attacco alla bottiglia. Sbatto la porta del frigo.

* * *

Sto troppo male, non so cosa fare, è come vivere in un incubo, anche la casa mi appare estranea. Nonostante siano trascorsi otto anni, ricordo nei minimi particolari il giorno in cui venimmo a visitarla. Decidemmo subito di comprarla. Il nostro nido d'amore, almeno questa fu l'espressione del bastardo.

Mi sentivo felice e pienamente realizzata, padrona della mia vita. Avevo la mia carriera, l'uomo che amavo e ora il nostro nido d'amore.

Abbiamo arredato insieme l'appartamento passando intere giornate a scaricare e visionare cataloghi. Ogni singola cosa è stata decisa da noi. Ogni oggetto al posto giusto. Abbiamo fatto costruire il camino per creare un'atmosfera romantica, per trascorrere i nostri inverni abbracciati a coccolarci davanti alle fiamme scoppiettanti.

Cosa desiderare di più? I primi due anni sono

stati meravigliosi, eravamo una coppia felice e mai avrei sospettato che di lì a poco un'onda anomala ci avrebbe travolto in pieno. Non riesco più a capirlo. È diventato freddo, distaccato, cinico, come se un estraneo avesse preso il suo posto.

Difficile cancellare otto anni di matrimonio, i miei ricordi sono smisurati e intatti nell'anima. In questo frangente, vorrei rivedere la mia vita su una lavagna e con un cancellino in un solo colpo cassare tutto. E poi fuggire via, in un posto lontano e ricominciare daccapo. Ma è impossibile.

Riprendo a piangere.

Sono le undici, mi aspetta un'altra notte insonne sul divano. Fuori continua il diluvio. Spengo la lampada sperando di dormire un po'.

Sabato

Apro gli occhi. Ho la bocca impastata e gli arti intorpiditi. Mi alzo d'impeto e ricado sul bordo del divano in preda a un forte capogiro. Sono le sei. Avrei voluto dormire ancora, solo per non pensare. La luce filtra dalla finestra e crea delle ombre grigie sul muro, quasi mi spavento, le inquietanti sagome sembrano osservarmi.

Apro la persiana, il cielo è sempre coperto da nuvole nere e gonfie che annunciano un altro acquazzone.

Ho paura. Ignoro il motivo, ma sono spaventata. Vado in bagno e mi sciacquo il viso. È insopportabile questo silenzio, peggio di una musica assordante.

Mi preparo un caffè, dovrei mangiare qualcosa, sono giorni che non esco a fare la spesa, posso rimediare qualche pezzo di pane duro.

Sono fortunata. Nel frigo vi è un barattolo già aperto di marmellata ai mirtilli, forse è scaduta, ma chi se ne frega, peggio di così…

Spalmo un po' di confettura su quella che sembra una fetta di pane e avverto il borbottio della moka. Naturalmente il caffè fuoriesce sporcando il piano cottura, osservo il disastro e ripeto… chi se ne frega.

Voglio esagerare con lo zucchero, sono abituata a prenderlo amaro ma oggi ho bisogno di energie. Uno, due, tre cucchiaini, ma sì, ingrasso… tanto, anche se avessi il corpo di una modella il bastardo non mi guarderebbe.

Giro il caffè come un automa e la mano, avvolta nella garza, ormai di un colore indescrivibile, comincia a dolermi.

Continuo a girare, girare, con lo sguardo fisso sul microonde…

«Lei è parente della sposa o dello sposo?».

«Mi scusi?».

«Dicevo… io sono il cugino dello sposo e lei?».

«Ah no, io sono un'amica della sposa, un'amica d'infanzia».

«Si diverte?».

«Be', è un matrimonio, cosa possiamo pretendere di più! Anzi, la cerimonia è stata abbastanza veloce, per fortuna c'è un buffet e non siamo costretti a rimanere seduti per ore intorno a un tavolo con persone estranee, discutere di argomenti futili e sfoggiare sorrisi di circostanza».

«E se le proponessi di fuggire via e farci un giro in macchina?».

«Cosa dice? Nemmeno so il suo nome, e poi mi scusi, dovrei abbandonare il matrimonio della mia amica per fare un giro in auto con un perfetto sconosciuto?».

«Allora ne valeva la pena? Da qui il tramonto è stupendo».

«Non posso crederci, ho abbandonato il matrimonio della mia migliore amica, e sono qui con te, un estraneo, a godermi un incantevole tramonto d'aprile. Sai che ti dico? Da tempo non mi sentivo così bene e forse gli sposi nemmeno si accorgeranno della nostra assenza».

La mia vista mette a fuoco il microonde.

Bastardo! Se fossi rimasta al matrimonio, adesso non sarei qui a soffrire. Lo ammetto, sei stato bravo, davvero bravo, hai ottenuto ciò che volevi.

Bevo il caffè. È dolcissimo. Mi precipito a bere un bicchiere d'acqua per rinfrescarmi la gola.

Dovrei farmi una doccia, ma non posso, se il telefono dovesse squillare?

Potrei portarmi il cellulare e il cordless in bagno, appoggiarli sulla mensola così da afferrarli facilmente. Mio Dio, cosa sto dicendo? Che stupida!

Mi svesto e mi butto sotto il getto di acqua calda evitando di bagnare la fasciatura.

Vorrei rimanere un'eternità sotto la doccia, stento a crederci, mi sto rilassando, l'acqua riesce miracolosamente ad alleviare la fitta al petto. Sono sicura che appena esco tutto ritornerà come prima e forse anche peggio.

Mi asciugo e mi raccolgo i capelli in un morbido chignon, mi guardo allo specchio, ecco, ora riesco quasi a riconoscermi. Metto un filo di trucco con l'intento di coprire le occhiaie che sembrano il frutto non di due notti insonni ma di un incontro di pugilato.

Indosso un paio di jeans e prendo una camicetta lilla dall'armadio, poi ricordo essere un regalo del bastardo. Chissà, ne aveva comprate due, una per la puttana di turno e un'altra per la moglie, della serie: ogni tanto un regalo alla mogliettina bisogna pur farlo. Ecco cosa faccio della tua camicetta lilla, ci ravvivo il fuoco.

Vederla bruciare m'infonde uno stato di benessere. Una specie di rito propiziatorio, il fuoco purificatore. Vorrei incenerire tutto ciò che gli appartiene, mi scappa un sorriso. Dovrei bruciare metà casa.

Il campanello della porta. È lui. M'infilo una maglietta sgualcita, uno sguardo veloce allo specchio per sistemarmi i capelli, mi guardo negli occhi e mi ripeto: non ti mostrare debole.

Apro.

«Ah... grazie. Devo firmare, ecco qui. No, non si preoccupi, va tutto bene, solo un po' d'influenza. Grazie, arrivederci».

Maledizione! Ogni scusa è buona per impicciarsi, glielo dovrei dire apertamente o inserire un messaggio nella bacheca condominiale: mio marito è un puttaniere e io sono una cornuta da anni! Forse, mi lascerà in pace.

Esamino la raccomandata consegnatami dal portiere. L'intestazione sulla busta è di un'agenzia di viaggi. Ho paura di aprirla, sudo freddo e mi tremano le gambe. Sto esagerando, non è certo una bomba che può esplodere nelle mie mani.

È la fattura di un viaggio a Parigi effettuato il mese di settembre.

Respiro profondamente per alcuni secondi, invano, il cuore continua a battere in modo irregolare. Controllo sul calendario i suoi viaggi di lavoro. Stupidamente ho ancora il coraggio di chiamarli *viaggi di lavoro*. È segnato in rosso: congresso a Milano.

No! Figlio di puttana! Mi piego in ginocchio, sbatto i pugni sul pavimento, la mano mi fa male, e continuo, continuo, poi porto la mano al petto, quasi non riesco a sentirla dal dolore. Dio aiutami!

* * *

Sdraiata sul pavimento faccio concorrenza a una barbona distesa su un letto di cartoni davanti a una stazione in piena notte. Stringo nel pugno la maledetta fattura, la prova del suo ennesimo tradimento.

Quale puttana hai portato a Parigi?

Da tempo sapeva quale fosse il mio desiderio e ogni volta rispondeva alla mia preghiera: *«Amore, andare a Parigi? È complicato, sai che non posso lasciare l'ufficio»*.

Per la tua puttanella sei riuscito a trovare il tempo?

Mi rialzo, mi guardo allo specchio e rivedo di nuovo una donna in pena, il filo di trucco è scomparso e sono tornate prepotentemente le occhiaie, quasi a ricordarmi il mio stato di donna disperata.

Sto per bruciare la fattura. Mi fermo. È la ricevuta del suo inganno, stavolta dovrà ammettere la sua infamia.

Sono una cretina! Lui non negherà un bel niente e quasi certamente non avrò nemmeno l'occasione di mostrargliela. Lui mi ha lasciata senza una parola, un addio, abbandonata come un cane sull'autostrada il mese di agosto.

Forse, mi ha lasciata molti anni fa, e io nemmeno me ne sono accorta.

No! Deve tornare. Non me lo farò portare via dopo otto anni da una puttana qualunque!

Sono io la moglie, mi ha giurato amore eterno e da me deve tornare.

* * *

La pioggia continua a cadere, ho l'impressione che non voglia smettere. Almeno, il ticchettio mi fa sentire meno sola e smorza il silenzio opprimente della casa.

Sul vetro della finestra il mio fiato forma un alone e come una bambina continuo a soffiare appena svanisce…

«Allora ti butti o no?».

«È fredda!».

«Sei sempre la solita… la solita freddolosa, dài buttati, l'acqua della piscina è caldissima!».

«Finalmente, ci voleva tanto?».

«Ti rendi conto che domani sarà l'ultimo giorno di vacanza? Avrei voluto che la crociera non finisse mai. Vorrei vivere ogni giorno così,

un'eterna luna di miele, abbracciata a te, stretta al tuo petto. Mi basterebbe solo questo».

«Tesoro, la nostra vita sarà una splendida vacanza».

«Me lo prometti».

«Te lo giuro, amore mio».

L'alone sul vetro è scomparso e sul mio viso sento scorrere le lacrime.

* * *

Sono seduta davanti a una birra calda e a una manciata di noccioline rinvenute in fondo al mobile e stavolta poco m'importa di leggere la data di scadenza.

Ho bisogno di parlare con qualcuno. Devo sfogarmi. Non oso chiamare mia madre, sebbene sia l'unica persona ad aver capito sin da subito il doppio gioco del bastardo.

Nella mente ancora riecheggia la sua voce…

È solo un libertino, ti darà del filo da torcere con quella aria di supponenza. Sa tutto lui e il mondo è in mano sua. Ascolta tua madre, ti prego, ti farà soffrire e poi ti abbandonerà senza alcuna pietà.

Ma lo vedi? Sta con te solo perché gli fai comodo! Ti manovra a suo piacimento, e tu lì, zitta, sempre zitta, pronta ad assecondare ogni sua nefandezza. Sei ancora in tempo per cambiare idea, perché vuoi rovinarti la vita?

Mi tappo le orecchie, basta, ti prego… basta!

Mia madre non ha mai amato, ecco qual è stato il suo vantaggio.

Un marito di convenienza, di facciata. Si è sposata soltanto per esibire un anello all'anulare sinistro e per concepire dei figli. Ne voleva tre. Ma dalla vita non puoi pretendere troppo, soprattutto se stai barando e si è dovuta accontentare solo di me.

Scommetto che avrebbe voluto avere un maschio, e invece sono arrivata io, la figlia timida, impacciata, incapace di assumersi le proprie responsabilità, sempre insicura, ma con un gran desiderio di affetto.

Un amore mai ricevuto, da chi poi? Da mia madre? Come se non l'avessi avuta. La percepivo lontana chilometri. Cosa ha fatto per accorciare le distanze? Nulla. Sempre distaccata, distratta chissà da quali pensieri. Alle volte mi domandavo se fossi davvero sua figlia.

Mio padre ha tentato di rimediare a questa carenza affettiva, si impegnava a farmi sentire amata, ma viveva in un mondo dorato, il massimo per lui era leggere il giornale sulla sua comoda poltrona.

Era buono, non osava contraddirla, difficilmente poteva esprimere opinioni, appena provava la mamma lo fulminava con lo sguardo.

Mai saprò se amava davvero sua moglie o se anche lui recitava la parte del marito devoto e comprensivo.

Di sicuro, mia madre non potrà mai comprendere cosa significa amare davvero, nutrire un amore per il quale sei disposta a sacrificare le passioni, l'orgoglio, la dignità e forse anche la vita.

* * *

La mano comincia a pulsare. Devo cambiare la

fasciatura, ma non ho nulla in casa.

Potrei fare un salto in farmacia e comprare delle garze.

Non me la sento di uscire, sono in uno stato pietoso, potrei mandare il portiere.

Mi scappa una risata fragorosa che rimbomba nell'appartamento per una frazione di secondo.

Coinvolgere il portiere? Un'assurdità. Se gli chiedo di comprarmi delle garze, chissà quali deduzioni farà in merito, sarebbe capace di chiamare la polizia.

Userò ancora le lenzuola strappate, almeno saranno servite anche per un altro scopo.

Mi tolgo la garza, il gonfiore è diminuito.

Lavo accuratamente la mano sotto il getto di acqua fredda, per fortuna trovo una strana polvere disinfettante, ne verso un po' sulla ferita e riavvolgo la mano in questa fasciatura improvvisata.

Con la mano libera mi sciacquo il viso eliminando le rimanenze di trucco che nascondevano il mio stato di barbona depressa. Bandisco fondotinta, rossetto e mascara, visto il mio umore durerebbero davvero poco.

Devo mangiare qualcosa, se continuo a saltare i pranzi, non riuscirò nemmeno più a piangere. Apro la dispensa e si presenta uno spettacolo avvilente: una scatola di pomodori pelati e un pacco di pasta sperando sia ancora commestibile.

Riesco a scovare nel frigo una mezza cipolla dall'aspetto poco invitante.

Devo sforzarmi a cucinare, almeno è un modo per distrarmi. Magari fosse così facile.

Preparo un sugo veloce, ma anche un insignificante odore, un banale dettaglio, mi riporta indietro nel tempo…

«Allora… posso aprire gli occhi?».

«Un minuto e sono quasi pronto».

«Sono impaziente, quanto devo aspettare?».

«Ora puoi aprire gli occhi».

«No… il risotto con le fragole! Sei riuscito a prepararlo in fretta. Come hai fatto?».

«Be', ho i miei segreti. Buon anniversario amore».

«Piano con il vino, non farmi bere troppo, lo sai che poi non rispondo più di me stessa».

«Questa sera dobbiamo festeggiare, puoi fare un'eccezione, e non è finita. Apri!».

«Cos'è?».

«Apri! Fai troppe domande».

«Ma sei pazzo! Quanto ti è costato?».

«Sempre troppo poco per te. Ogni giorno merita di essere ricordato. Ti amo».

«Anch'io ti amo e ti amerò per sempre».

Spengo il fuoco, il sugo ha già assunto una colorazione marrone e il mio sguardo si posa sul braccialetto che mi circonda il polso dall'anniversario.

Mi siedo a tavola e mangio il piatto di penne insipide con grande difficoltà di deglutizione. Continuo a guardare il bracciale e provo un misto di felicità e rabbia, di serenità e amarezza. Ho quasi l'impressione che si stringa sempre di più come una manetta. Con la mano fasciata continuo a toccarlo, a girarlo finché con un colpo deciso lo strappo dal polso.

* * *

Faccio molta fatica a stringere la macchinetta del

caffè, ma ho una disperata voglia di caffeina, devo rimanere sveglia, lucida, anche se dovrei riposare. Invece, più masochista che mai, voglio ricordare tutti i bellissimi momenti trascorsi con il bastardo e quelli che mi stringono l'anima, quelli che vorresti cancellare dalla tua memoria e invece prepotentemente affiorano e ti fanno sentire piccola, come una bambina timida e spaventata presa in giro dalle sue coetanee. E vorresti dir loro di smetterla e invece gli insulti e gli scherni continuano in un gioco al massacro senza fine.

E desideri che tutto finisca, vorresti scappare, ma sai che non c'è via d'uscita. Ti rimane solo la possibilità di analizzare, di capire dove hai sbagliato. Ti ripeti cento, mille volte che non è colpa tua, sicura di essere stata una buona moglie, amante, complice.

Evidentemente è servito a poco, e gli insulti si ingigantiscono e nella tua anima esasperata non c'è più spazio per accogliere tanta crudeltà.

Devi aspettare, fiduciosa che il giorno dopo la realtà possa cambiare, che la tua vita si possa trasformare in un'opportunità di svolta, invece, passano gli anni e *quel giorno dopo* non arriva mai.

Tutto resta immobile e ti ritrovi impantanata in un'esistenza priva di suoni e colori.

* * *

Squilla il telefono.

«Lo sapevo, lo sapevo! Le tue telefonate hanno un tempismo eccezionale, cosa fai, metti la sveglia? Sì, ho mangiato, sei contenta? Possibile che in tutti questi anni tu non sia cambiata nemmeno un po'? L'unica cosa che ti interessa è sapere se ho mangiato? Hai pure il coraggio di dire che mi invento le cose?

Non sei cambiata una virgola. Ma lo sai che si può morire anche con la pancia piena? Ecco... le tue scontate domande: Hai mangiato? È tornato a casa?

No! Non è tornato a casa e sono sicura che ti farà piacere. Dài, cosa aspetti? Dillo che avevi ragione, che avrei dovuto lasciarlo già otto anni fa. Ti prego, finiamola qui... ti ho detto finiamola qui!».

Sbatto giù il telefono.

Mia madre ha sempre strumentalizzato la mia vita sin dal giorno della mia nascita. Riesce a farmi sentire una donna mancata in ogni situazione. Qualsiasi cosa abbia realizzato, per lei è stato un errore o solo una fortunata coincidenza. Mi ha sempre considerata senza carattere, sciocca e superficiale. Mi domando cosa ho fatto di male per meritare tutto questo.

Il bastardo avrebbe dovuto sposare una donna come mia madre.

E non so chi dei due sia il peggiore.

* * *

Sono alla finestra. Mi sento così debole da avvertire perfino il peso della tazzina che ho tra le mani.

Guardo un uccellino posatosi sul mio balcone, mi fa molta tenerezza, è alla ricerca di cibo. Corro in cucina e sbriciolo una fetta di quel pane duro, almeno servirà a qualcuno. Senza spaventarlo sistemo le briciole sul parapetto del balcone. Si è accorto del pane, sbigottito si avvicina, si guarda intorno terrorizzato che possa essere una trappola.

Coraggio! Oggi è il tuo giorno fortunato, potrai sfamarti.

Comincia a mangiare.

Mentre bevo il caffè, osservo l'incantevole scena e mi pervade un senso di tranquillità. Non siamo poi così diversi. Tu hai un disperato bisogno di cibo per sopravvivere, io, di amore.

L'uccellino ha quasi finito tutte le briciole, continua a guardarsi intorno e poi spicca il volo.

Mi butto sul divano e penso di dover telefonare alla mia collega. Non mi presento allo studio da tre giorni, mi avranno data per dispersa.

Ho poca voglia di chiamare, di dare spiegazioni, ma devo farlo altrimenti penserà che la situazione sia più grave, e io non voglio darle questa soddisfazione. Per anni mi ha ripetuto: «Sei stata fortunata a imbatterti in un uomo unico e speciale». Chissà, anche lei…

Compongo il numero.

«Ciao. Sì, va meglio, scusami sono mortificata, mi avevi beccata in un momento particolare, ora è tutto risolto, sono sicura di tornare lunedì. Lo so, potete fare a meno di me, ma rassegnatevi tornerò!

D'accordo, a presto. Ciao».

Avrà capito benissimo che niente è risolto. Per l'ennesima volta umiliata dal bastardo.

* * *

Devo fare qualcosa. Non posso girare a vuoto per la casa e trascorrere la giornata distesa sul divano. Devo tenermi occupata o finirò per impazzire.

Il cuore accelera i battiti solo al pensiero, ma devo entrare di nuovo nella camera. Almeno darò una sistemata al letto, non potrò dormire eternamente sul divano.

Apro la porta. Percepisco ancora il profumo di lei e del bastardo. La fragranza mi provoca terribili conati.

Spalanco la finestra sperando che l'aria fredda possa rimuovere l'odore nauseabondo dalla stanza.

Prendo nel cassettone le lenzuola e comincio a rifare il letto.

Avrò la forza di dormirci questa notte? Pertanto,

vorrei fare a brandelli anche la trapunta, ma prevale il mio istinto di conservazione, non posso distruggere ogni oggetto contaminato dalla puttana.

Il bagno in camera, devo entrarci, ma il timore di scoprire inquietanti retroscena mi paralizza totalmente.

Apro adagio la porta, impaurita come se dentro ci fosse l'uomo nero ad aspettarmi.

Accendo la luce, do un'occhiata in giro e noto un perfetto ordine.

Evidentemente non hanno avuto la possibilità di usarlo, sono arrivata troppo presto. Chissà, avevano previsto una doccia insieme o meglio un bagno sensuale nella mia vasca idromassaggio. Avrebbero acceso una candela profumata, una musica romantica di sottofondo, e sono sicura che avrebbero usato anche il mio bagnoschiuma preferito.

Ispeziono se la vasca è bagnata… che stupida!

Anche se si sono immersi in un bagno rilassante sono trascorsi due giorni, è normale che tutto sia asciutto.

Controllo gli accappatoi, gli asciugamani. Intatti. Capovolgo il cesto della biancheria da lavare alla ricerca di qualche indizio. Cosa precisamente? Ho scoperto loro a letto, li ho visti con i miei occhi, strusciarsi, gemere, non mi servono ulteriori prove.

Chiudo la finestra della camera, l'odore sembra sia andato via, anche se è entrato così in profondità nelle mie narici che lo avverto ancora nella stanza e nell'appartamento.

Decido di pulire casa, sposto i mobili, i tappeti, il divano, voglio cancellare ogni traccia del loro passaggio.

Raccolgo i pezzi di vetro della lampada. Passo ripetutamente il panno sul parquet. Mai è stato così lucido.

Mi guardo intorno, la casa è irriconoscibile per quanto è pulita.

Prendo un deodorante al mughetto e comincio una specie di disinfestazione, lo spruzzo dappertutto, in ogni angolo.

Ecco, ora si respira aria pulita.

* * *

È davvero finita. Devo farmene una ragione: è finita.

Pensava di voler vivere tutta la vita con me. Non è stato così. Sono inadatta per lui, tutto qui.

La felicità per esistere necessita di certezze. Qual è il senso di continuare a vivere un amore ormai naufragato?

Ma io lo amo quel fottuto bastardo, non riesco a staccarmi da lui.

Lo amo? Chi amo? Una persona spregevole che mi umilia, mi critica di continuo facendomi sentire un qualcosa di usato, merce andata a male e di cui non resta altro che disfarsene.

Vorrei odiarlo, ce la metto tutta, ma è impossibile.

Se lo amassi davvero, dovrei lasciarlo libero, fargli vivere la sua esistenza come meglio crede. La sua vita è senza di me. Gli dimostrerei il vero amore incondizionato: ti lascio per renderti felice. Una frase retorica tipica dei film, ma la realtà è tutta un'altra cosa. Non è un gioco prendere delle decisioni drastiche, la sofferenza e la disperazione ti lacerano dentro lasciandoti una ferita sempre aperta.

E allora? Allora devo odiarlo con tutte le mie forze, solo così potrò finalmente voltare pagina.

Devo ricordarmi di tutte le occasioni in cui mi ha fatto stare male, ogni piccolo e insignificante particolare per capire di aver buttato otto anni e amato solo un grandissimo bastardo.

È doloroso, ma devo farlo. Mi stendo sul divano e chiudo gli occhi…

Da due ore è chiuso nel suo studio, la cena è già a tavola. Quante volte gli avrò ripetuto di non portarsi il lavoro a casa.

Mi avvicino alla porta, sto per aprire, ma sento una voce flebile, un sussurro. La mia mano si blocca sulla maniglia. È al telefono, il suo tono è incomprensibile, mi sforzo e distinguo alcune parole.

«Certo piccola… ci vediamo, ma stasera non posso. Ti ho detto di no, ho già fatto uno strappo alla regola, mia moglie è in casa. Dài, smettila di fare così… ci vediamo domani, sì, al solito posto. Buonanotte piccola».

Apro violentemente la porta.

«Cosa c'è amore, è pronto?».

«Mi fai schifo, mi fai solamente schifo. Dimmi

chi era la tua amichetta, dimmelo adesso!».

Gli stringo talmente le mani alla gola che il suo volto diventa violaceo.

«Dimmelo bastardo!».

Si stacca dalla mia presa e si alza dalla poltrona.

«Sei una pazza! Era la mia segretaria, sei contenta ora? La mia segretaria!».

«Mi prendi per una deficiente? Vattene! Vattene! Sparisci dalla mia vista!».

Due giorni dopo, tutto archiviato.

* * *

Sono seduta alla scrivania, scarabocchio su un foglio di carta disegni senza senso, immagini della mia vita, figure incomprensibili, mostri che ormai hanno preso possesso della mia mente.

Questi ghirigori mi fanno sentire meglio, scarico un po' della mia rabbia e continuo a tracciare dei cerchi uno sopra l'altro, li coloro all'interno, poi all'improvviso, strappo il foglio e lo butto nel cestino.

Potrei leggere, ma non ho voglia, il pensiero è sempre lì, sono concentrata su un'unica cosa. Accendo il televisore, come da abitudine salto da un canale all'altro così repentinamente che le scene si accavallano.

Mi fermo su un film. È uno di quei polpettoni romantici, i cui protagonisti si giurano amore eterno… un tempo li adoravo, cambio immediatamente, mi fa troppo male.

L'orologio della tivù segna le 21.40. Immagino loro abbracciati sul divano mangiucchiare tartine al salmone innaffiate da un bicchiere di prosecco ghiacciato, e sento la sua voce, aspra e stridula.

Anzi no, saranno a letto sotto lenzuola di seta nella camera lussuosa di qualche albergo. Si sa, per le sue puttane non ha mai badato a spese.

Sono una cretina, e mai finirò di ripeterlo.

Potevo accettare la corte di quel mio collega, un bastardo peggio di mio marito. Il classico playboy cinquantenne, sposato e con due figli. Perennemente abbronzato e con camicie sbottonate per sottolineare la sua virilità. Ostentava la tipica sicurezza di chi si sente ammirato e corteggiato. Ogni pretesto era buono per adularmi, io lo respingevo in qualsiasi modo dimostrandogli il mio totale disinteresse.

Invece lui, imperterrito, continuava la sua corte spudorata attraverso bigliettini lasciati sulla mia scrivania messaggeri di frasi squallide del tipo: *Questa mattina sei particolarmente splendida* o *Il tuo profumo mi fa impazzire*. E altre banalità del genere. Oppure, mi faceva trovare un'orchidea sulla tastiera del computer, sperando un giorno di conquistarmi.

Illuso. Credo che ricordi ancora l'impronta della mia mano lasciata sul suo viso, quando una mattina, in ascensore, si permise di appoggiare il braccio sulla mia spalla.

«Sei una povera pazza!» gridò uscendo.

Sono sempre una povera pazza. Sono una folle anche quando cerco di difendermi.

Dovetti subire pure i rimproveri delle mie colleghe, tutte mi ripetevano la stessa frase: «Cosa ha fatto di così grave? Sei sempre esagerata con i tuoi modi impulsivi, ma lasciati andare, voleva soltanto instaurare un semplice rapporto di amicizia».

No! Voleva soltanto scoparmi.

A casa, evitai di raccontare l'accaduto per risparmiarmi un'ennesima delusione. Anche lui mi avrebbe dato della paranoica, la solita ossessionata che vede il marcio in ogni cosa, e le intenzioni del *tombeur de femme,* come sostenevano le colleghe, erano del tutto amichevoli.

Tutti uguali gli uomini. Tutti bastardi. Dentro.

* * *

Ho fame, ho una maledetta fame. Do un'occhiata nel congelatore. Mi appare un barattolo di gelato alla ciliegia che sarà qui dall'estate scorsa. Sarà mangiabile? Prendo un cucchiaio e comincio a scavarlo. È una pietra, i pezzi di ciliegia sono cubetti di ghiaccio, ma ho poca voglia di aspettare, ho troppa fame e comincio a ingurgitarlo.

Mangio il gelato e contemporaneamente ravvivo il fuoco, d'altronde, tutta la mia vita è stata un grande bluff.

Tento di far sciogliere il gelato continuando a rimestarlo con il cucchiaio per farlo diventare più cremoso…

«Basta, mi gira la testa!».

«Dài, sei appena salita… un altro giro!».

«No, aspetta fammi scendere! Da quanto tempo non salivo su una giostra. Sono tornata bambina. Mio padre mi portava spesso, trascorrevo interi pomeriggi e quando scendevo avevo bisogno di alcuni minuti per ritrovare l'equilibrio. Sono i soli ricordi piacevoli della mia infanzia. Mi sentivo una principessa sulla carrozza dorata, il mondo sembrava ai miei piedi e proprio come nelle favole sognavo l'arrivo del principe azzurro, biondo con gli occhi azzurri. E via sul cavallo bianco verso il suo castello, sai, quelli con il ponte levatoio».

«Be', il tuo sogno si è avverato, eccomi qui! Hai incontrato il tuo principe».

«Sei un tantino presuntuoso o sbaglio?».

«No, sono sicuro di essere il tuo principe azzurro perché ti amo! Siamo sposati da due anni e ti amo come il primo giorno».

«Ora ci manca solo un figlio e saremo una vera famiglia felice».

«Hai ragione, manca solo un figlio… ti amo».

Trangugio un'altra cucchiaiata di gelato, è

talmente freddo da non sentire più il mio palato.

Un figlio. Per due volte ho avuto un'interruzione di gravidanza. Poi, più nulla da fare. Lui desiderava un figlio, anch'io con tutta l'anima. È colpa mia se non è arrivato?

Avevo tanto sognato una famiglia, svegliarmi la mattina dalle carezze dei bambini, fare colazione tutti insieme, accompagnarli a scuola. Invece, non è accaduto.

Non sei stata nemmeno in grado di avere un bambino. Ecco, cosa penserà il bastardo.

Ti sei allontanato per questo motivo? Adesso puoi recuperare, ora un figlio lo puoi fare con una delle tue amichette. O forse, lo hai già fatto.

Guardo la mia mano, è il caso di procedere a una nuova medicazione.

* * *

Per fortuna, la ferita si sta rimarginando. In fondo all'armadietto dei medicinali scovo, con mio grande stupore, un cerotto grande. Almeno così potrò muovere meglio la mano. Sono quasi le tre di notte, sono stanca, dovrei dormire.

Entrare in quel letto mi fa ribrezzo, lo sento sporco, sudicio del loro sudore.

E allora mi aspetta il divano, ma non posso dormire con i jeans, e così, indosso una tuta per stare più comoda. Mi rannicchio posizionando un cuscino dietro la nuca e mi avvolgo completamente nel plaid.

Dalla finestra arriva una luce fioca e continuo a fissare il soffitto…

«Ti sei divertito stasera?».

«Cosa vuoi dire?».

«Lo sai benissimo dove voglio arrivare. Cosa avevi da confabulare con quella?».

«Chi?».

«Sei sempre il solito, hai capito perfettamente di chi sto parlando, la biondina, la tua nuova collaboratrice. Per tutta la serata non hai fatto altro che parlare con lei, deve avere argomenti interessanti, anche se ha tutta l'aria di essere un'oca».

«Sei tu la solita, appena parlo con qualcuno vai in paranoia!».

«Certo che vado in paranoia, soprattutto se questo qualcuno ha due tette rifatte e un culo modello brasiliana… tutti vi guardavano, tutti si sono accorti del tuo viscido approccio!».

«Ho capito, questa notte è meglio dormire sul divano».

«Ma quale divano? Ti dovrei buttare fuori di casa!».

«Se lo ripeti ancora, davvero vado via!».

I miei occhi fissano il soffitto.

Perché devo soffrire così? Ho avuto la sfortuna di innamorarmi della persona sbagliata, ma non riesco a fare a meno di lui. Eppure, siamo noi a decidere della nostra vita, tutto ciò che ci capita è la conseguenza delle nostre scelte.

Dovrei disprezzarlo, odiarlo. Invece sono qui, buttata sul divano con la speranza che la porta d'ingresso si apra e appaia lui e mi giuri, guardandomi negli occhi, ancora una volta amore eterno.

I miei occhi si stanno chiudendo… domani, sono sicura torneranno le mie paure e le mie ansie, ma questa notte vorrei dormire ed essere felice almeno nei miei sogni.

Domenica

Mi sveglio. Devo affrontare una nuova giornata. Apro la persiana, per fortuna oggi c’è il sole. È arrivato il momento di agire, non voglio auto commiserarmi, serve a poco.

Faccio una doccia veloce, apro l’armadio e decido di indossare un vestito con grandi fiori gialli e rossi, con l’illusione che possa influenzare il mio umore. Mi trucco, mi sistemo i capelli e mi spruzzo anche alcune gocce di profumo. Sono pronta per un appuntamento galante.

Metto la macchinetta del caffè sul fuoco.

Dovrei chiamare la mia amica. Starà dormendo? Ma chi se ne frega, vorrà dire che oggi sarò la sua sveglia.

Non mi sente da molte ore, non vorrei che pensasse a un mio gesto estremo. Mi schiarisco la voce.

«Ciao, sono io. Ti ho svegliata? No, non è tornato, e penso che difficilmente accadrà. Dove? Sei sicura… era lui? Dimmi la verità, era con la bella? Ti prego, è importante, non mi arrabbio ma devo sapere se stava con quella puttana! Era da solo? Dove stava andando? Strano, doveva essere in ufficio. Quale appuntamento con un cliente! È un bastardo, ora comincio davvero a capirlo! Sono calma, non ti preoccupare. Anche tu, non potevi vedere dove stava andando? Lo so, scusami, dico solo idiozie. No, ti ringrazio, non ho voglia di uscire. D'accordo, ti chiamo più tardi. Sì, ti chiamo, promesso. Ciao».

Sarebbe stato meglio se mi avesse nascosto l'incontro. Dove stava andando? Perché non era con la sua puttanella? Si sono già lasciati? Ma sì, lei è una di quelle da una botta e via. Sarà tornata a casa da quel cornuto del marito che non sospetta nulla. Anzi no. Il marito sa tutto, ma è contento così.

Forse, anche lui sta meditando di tornare da me, dovrà pur rientrare per prendere le sue cose.

Mio Dio, ritorna il supplizio, tutto ricomincia, sono stanca, sono maledettamente stanca, quando finirà?

Corro a chiudere il gas sotto la macchinetta del caffè.

* * *

Sorseggio il mio caffè dal sapore bruciacchiato e decido di farmi ancora del male.

Da un cassetto tiro fuori l'album delle foto.

Per fortuna non è quello delle nozze. Per uno strano scherzo del destino, il fotografo dopo aver immortalato per un'intera giornata i sorrisi sfolgoranti degli invitati e i gruppetti in posa dei parenti, tornando al suo laboratorio ha avuto l'amara sorpresa di scoprire che la *memory card* della macchina fotografica era danneggiata.

Un segnale foriero?

Ho pianto per due giorni, non potevo crederci. Nemmeno una fotografia scattata da un professionista, nemmeno una che potesse dimostrare il mio stato di estasi.

Alcune istantanee mosse o con espressioni

ridicole le recuperammo dai cellulari dei nostri amici. E da quelle, ho potuto almeno, rivedere il mio viso illuminato da una gioia immensa e il bastardo che non mi toglieva gli occhi di dosso.

Quella mattina ho provato la sensazione più bella: lui mi apparteneva, era solo mio, avremmo potuto condividere tutto, saremmo stati inseparabili.

Sogni, solamente sogni.

La vita per misteriose ragioni ti punisce, ti fa scontare i momenti felici, i giorni in cui ti senti viva e pensi che niente e nessuno potrà ostacolare la tua serenità.

Devo chiudere l'album. Ogni foto che ci ritrae allegri e spensierati nei nostri viaggi in giro per il mondo è una pugnalata al centro del cuore.

Sono quasi tentata di gettarlo nel camino, ma non posso farlo è la mia vita, nel bene e nel male. È la mia vita.

Sono ricordi, sensazioni, emozioni che le fiamme non potranno certo cancellare.

* * *

In questi giorni in cui sto percorrendo un ripido sentiero, vorrei trovare un motivo valido per dare un senso alla mia sofferenza.

Sono sempre stata insicura sin dall'adolescenza, inadatta a qualsiasi contesto. Non ho mai avuto la capacità di relazionarmi con gli altri, di vivere un amore sereno, tranquillo.

Ad avallare la teoria è la mia situazione attuale.

Sono sola, completamente sola…

Avevo ventidue anni. Da poco avevo intrapreso un lavoretto, di quelli che ti permettono di avere qualche soldo in tasca, quel tanto che basta per darti un'impressione d'indipendenza. Ho conosciuto un ragazzo, aveva qualche anno più di me, credo, non ho mai saputo la sua età, ero troppo timida e impacciata per chiedergliela.

Rimasi estasiata dal suo candido sorriso e dai suoi occhi verde scuro.

Lavoravamo a stretto contatto, nacque una bella amicizia. Spesso mi chiedeva consigli che io, naturalmente, ero ben disposta a elargire.

Ero felice, per la prima volta avvertivo

sensazioni magiche, sicura che anche lui provasse le mie stesse emozioni.

Una sera m'invitò a mangiare una pizza, tra me pensai: "È fatta!".

Follemente innamorata, quella sera la nostra amicizia si sarebbe trasformata in una storia d'amore. Invece, fu la serata più brutta della mia vita.

In principio, si rideva, si scherzava, poi la nota dolente arrivò quando mi disse con un sorriso raggiante: «Sai, domani torna la mia ragazza da Londra e non vedo l'ora di presentartela».

In quel momento, sarei voluta sprofondare sotto terra. Trattenni a fatica le lacrime e percepii all'istante un'ondata di calore sul viso.

Per settimane avevo fantasticato, costruito un film dalla sceneggiatura grottesca e patetica.

Era un amico, un semplice amico e forse, non mi vedeva nemmeno così carina. Ero per lui soltanto una simpatica confidente alla quale rivelare i suoi problemi lavorativi.

Tornai a casa distrutta.

Decisi di raccontare tutto a mia madre, non ricordo perché lo feci, credo per la voglia di sfogarmi. Ma il suo viso inasprito lo ricordo come se fosse ieri.

«Sei sempre la solita stupida! Prima di costruire castelli in aria, potevi chiedere informazioni riguardo alla sua situazione sentimentale, almeno adesso, ti saresti risparmiata un pianto deprimente».

Le sue aride parole.

Mi precipitai nella mia camera sbattendo la porta.

Ora, avevo un motivo in più per piangere.

* * *

Ho perso completamente la cognizione del tempo, oggi è domenica e nemmeno me ne ero resa conto.

Sono chiusa in casa da tre giorni, e ho quasi paura di uscire, di affrontare la realtà, di vivere la mia quotidianità. Sempre se quella che ho vissuto si possa definire una vita normale.

La domenica, il giorno in cui m'incontravo con le amiche. Ogni settimana il nostro appuntamento ci ricaricava. Un modo per sentirci giovani, come quando da ragazze si usciva la domenica pomeriggio per andare al bar di moda a prendere un caffè o una cioccolata con la panna.

Io, raramente, potevo invitarle a casa. Lui non gradiva il nostro vociferare in cucina, e sprofondato nel divano armeggiava spazientito con il telecomando, continuando ad alzare il volume del televisore per sovrastare le nostre voci e per non perdere il più piccolo dettaglio delle sue maledette partite.

Per lui la domenica era sacra. Dopo una settimana intensa di lavoro, poteva finalmente rilassarsi.

Ricordo la scenata che mi fece appena le mie amiche oltrepassarono la soglia di ingresso…

«Cosa avete da dirvi per quattro ore tu e quelle altre due cretine? Nemmeno la domenica si può stare in pace. Quante volte te l'avrò detto! La domenica non voglio vedere nessuno!».

Alle sfuriate rimanevo impassibile e tra me pensavo che avesse anche ragione. Le mie amiche le avrei potute incontrare fuori in modo da consentirgli di vedere le sue amate partite in totale tranquillità.

E così, un po' alla volta, mi allontanai da loro, e seppur velatamente, mi considerarono una donna debole, sottomessa a un marito egoista e prepotente.

All'epoca, non davo credito alle loro risate sarcastiche e alle frecciatine dispensate senza molti riguardi del tipo: *«Strano, tuo marito ti ha dato la giornata libera?» oppure «A che ora devi rientrare a casa?».*

E ne ricordo anche altre, ancora più cattive.

Le frasi derisorie mi sfioravano appena, convinta che rispettare le esigenze e le richieste di un marito, facessero parte del ruolo della brava moglie. Certa, che tutto questo si chiamasse amore, dedizione e rispetto.

La mia tesi potrebbe avere anche un fondamento se questo amore, però, fosse stato contraccambiato. A parte i primi anni di matrimonio, non ricordo una parola, una carezza o un gesto gentile nei miei confronti, come se fossi diventata trasparente.

Già, invisibile, non solo ai suoi occhi, anche ai miei.

Ora, immersa in una profonda solitudine, mi sto svegliando da un letargo durato troppo tempo.

Avevo bisogno di una forte scossa. Eccola servita su un piatto d'argento: il bastardo a letto con la sua puttanella.

Ora tutto può cambiare. L'istinto mi dice che non sarà facile, ma almeno posso provarci.

* * *

Manca circa un mese a Natale. La disperazione in parte attenuatasi, ritorna al pensiero di dover trascorrere le feste natalizie da sola.

La solitudine ti corrode l'anima, ti sembra di impazzire, tutto intorno a te svanisce, ci sei solo tu sulla faccia della Terra. Ti aggrappi a qualsiasi cosa, ma inesorabilmente scivoli sempre più giù, in fondo a un baratro sperando che qualcuno afferri la tua mano e ti aiuti a risalire.

Quante volte in questi anni mi sono arrampicata per uscire dal burrone, senza il sostegno di nessuno, ma ora, sono priva di forze, di energie. Riuscirò mai a rivedere la luce?

Il primo Natale decidemmo di festeggiarlo a casa nostra.

Comprammo un albero gigantesco e ricordo che ci sganasciammo dalle risate per farlo entrare nell'appartamento. Tre giorni per allestirlo, sembrava un albero da esporre in un centro commerciale. Tutto perfetto o quasi... tra gli invitati anche mia madre.

A Natale, è vero, siamo tutti più buoni, infatti, in quell'occasione si comportò da vera madre. Fu davvero brava a nascondere l'antipatia nei confronti del bastardo, realmente mi vedeva serena e fu l'unica volta che non mi rovinò la serata.

A mezzanotte, un colpo di scena. Si spensero le luci e nella semioscurità vidi avanzare un'ombra piuttosto corpulenta. Il bastardo infagottato in un vestito da Babbo Natale dispensò doni a tutti gli ospiti. Quando arrivò il mio turno, di primo acchito, rimasi dispiaciuta di ricevere solo una busta rossa, ma la delusione durò pochi istanti. All'interno, vi erano due biglietti aerei per Parigi. Avremmo trascorso il capodanno nella città dell'amore. Quei tre giorni sono stati i più belli della mia vita.

Intanto, le ore passano velocemente e cresce in

me la consapevolezza di non rivederlo più.

Poi rifletto. Ha lasciato molti effetti personali, dovrà pur prenderli.

Conoscendolo, avrà già incaricato una ditta di traslochi che ritirerà i suoi abiti, i suoi trofei di tennis e quella serie di cianfrusaglie varie che molto volentieri butterei nel camino, risparmiando così un po' di legna. Dovrei quasi preparare gli scatoloni con la sua roba.

E tutto finirà con una firma sulla ricevuta della ditta. Ringrazierò e chiuderò la porta.

La mia mente sembra abbia già deciso il finale di questa storia.

* * *

Mi preparo qualcosa da mangiare, per tutto il giorno ho bevuto solo caffè.

Per fortuna non fumo più. Credo di aver aspirato l'ultima sigaretta circa sei anni fa. Forse, l'unico vantaggio di cui devo essere riconoscente al bastardo.

Lui non ha mai fumato e detestava l'odore, o la puzza terribile, come diceva, della sigaretta dentro casa.

Così, mi ha fatto rinunciare a uno di quei pochi piacevoli riti quotidiani. Con immenso sacrificio ho smesso immediatamente. E non per i benefici salutistici che avrei potuto ottenere, ma perché a chiedermelo o meglio a impormelo era stato lui.

Adesso, però, avrei voglia di fumarmi due pacchetti di sigarette e far diventare le pareti completamente nere. Poi, mi rendo conto dell'idiozia e il desiderio svanisce all'istante dalla mente.

Apro il frigorifero scrutando qualcosa di commestibile, ma ci vorrebbe una magia. Un deserto… il classico frigo dei single in cui puoi riesumare qualche yogurt scaduto e due gambi di sedano appassiti.

Dovrò abituarmi alla visione, ormai, anch'io appartengo alla categoria.

Continuando a farmi del male decido di prepararmi un altro caffè. Perquisisco minuziosamente la dispensa con la speranza di reperire almeno un biscotto, anche secco, da inzupparci.

Sono fortunata. Alcuni rimasugli li scovo in una scatola di latta... briciole che verso direttamente nel caffè.

Non sono una brava donna di casa, sì, devo dare atto al bastardo. Non ho mai avuto un'attitudine per la spesa. Dopo aver vagato per due ore in un supermercato sono capace di rientrare a casa con poche buste ma con uno scontrino esorbitante.

I primi anni ha dato poco peso alla mia incompetenza nel gestire l'organizzazione domestica. Anzi, diceva di ammirare le donne in carriera.

Poi, è cambiato. Ogni giorno sottolineava con stizza il mio disordine e la mia negligenza. Si lamentava di tutto. Del frigo vuoto, della polvere accumulata sulla scrivania, della sparizione del telecomando, di vedere nell'armadio le sue camicie non perfettamente stirate. Mi domando se voleva una moglie o una geisha.

Ora le camicie te le puoi far stirare dalla tua puttanella, sempre se è capace di farlo.

* * *

Tempo fa, dal parrucchiere, sfogliai una rivista femminile. Tra i vari articoli su come mantenere una pelle sana e idratata o su come ridurre i sintomi della menopausa, me ne colpì uno sulla *dipendenza affettiva*. Definizione a me sconosciuta. Eppure, da quel pomeriggio compresi di essere affetta da questo male.

Leggendo i segnali specifici del “malato d’amore” un brivido corse lungo la schiena. Ogni sintomo sembrava appartenermi: la paura dell’abbandono, i sensi di colpa, la gelosia, la possessività.

Chiusi immediatamente la rivista, non potevo accettare un cumulo di stupide congetture. Avevo sempre pensato che il mio fosse il giusto modo di amare e invece secondo la dottoressa amavo troppo e annullavo me stessa.

Dopo la prima reazione di cestinare la rivista, ripresi coraggio e la riaprii. Avvertivo la necessità di sviscerare l’argomento e forse, avrei potuto apprendere il consiglio giusto per gestire la patologia.

In realtà, rifiutavo l'ipotesi di essere considerata una donna dipendente in tutto e per tutto da un uomo.

Avevo le mie passioni, il mio lavoro, la mia dignità. E ora, una lettura spensierata dal parrucchiere rischiava di far crollare le mie certezze.

Da quel momento non ci pensai più e dimenticai l'odiosa espressione.

Solo in questi terribili giorni, ho compreso il significato di "malato d'amore". Sacrificare la tua esistenza per un altro, bramare conferme, gratificazioni ed elemosinare un amore consapevole di commettere l'errore più grande della tua vita.

* * *

È molto tardi. Mi accosto alla finestra e con invidia osservo una coppia di vicini abbracciati sul sofà intenti a guardare un programma alla tivù.

Potrei contarle sulle dita di una mano le volte in

cui, seduti sul divano, siamo riusciti a vedere un film dall'inizio alla fine. Abbiamo gusti diametralmente opposti. Io adoro le commedie rosa, lui i thriller.

E a cedere, sono sempre stata io.

Ecco il primo vantaggio di essere single. Ora non dovrò più sorbirmi sparatorie, arresti e spargimenti di sangue. Potrò comodamente rilassarmi sul divano, gestire il telecomando e godermi una bella commedia romantica. Almeno, galopperò con la fantasia, dato che la realtà è così deprimente.

Gli occhi accennano a chiudersi, indosso la tuta, mi infilo i calzettoni, prendo il mio affezionato plaid e spengo la lampada.

Un rumore. Sto sognando? No, qualcuno sta realmente infilando la chiave nella toppa. Intimorita accendo la luce. Non può essere un ladro munito di chiave, e allora…

«Chi è?».

«Sono io».

«Cosa ci fai qui?».

«Sbaglio o è ancora casa mia? Tu piuttosto, cosa ci fai a quest'ora sul divano?».

«Non sono affari tuoi! Cosa vuoi?».

«Devo prendere alcune cose, ho dimenticato il cellulare e… cosa hai fatto alla mano?».

«Niente! Sbrigati e vattene, non vorrai far attendere la tua puttanella!».

«Ti prego, ti sembra l'ora di iniziare a discutere?».

«Sei davvero un bastardo, cosa vuoi discutere? Vi siete divertiti l'altra sera? Non prevedevi il mio ritorno, vero? Sii sincero, quante volte te la sei scopata nel mio letto? Coraggio, dimmelo, quante volte avete dovuto cambiare le lenzuola affinché non sentissi il profumo della tua puttana? Quante ne sono salite mentre ero fuori casa?».

«Lo sapevo, con te non si può parlare. Vuoi farmi espiare delle colpe di cui non sono l'unico responsabile».

«Sei un gran bastardo! Ti spaccherei la faccia. Poverino, scusami se ti ho fatto soffrire… ora capisco, la colpa è mia. E così tu, per lenire il dolore assillante ti porti a letto qualsiasi donna che incontri per strada. Mi fai schifo!».

«Non è così. Ora sei arrabbiata, è un tuo diritto, ma io non sono un tuo nemico. Ci siamo amati, lo sai benissimo, ma è finita tanti anni fa. È inutile prendersi in giro. Ho provato a fartelo capire in tutti i modi, ma tu proprio non volevi vedere.

Ti sei resa conto? In quale dimensione vivi? La nostra quotidianità era diventata una farsa, rispettavamo un copione e da bravi attori recitavamo la parte di marito e moglie. Ma lo vedi? Siamo due perfetti estranei che non si sa per quale motivo condividono la stessa casa e lo stesso letto.

Ti ho amata, non posso negarlo. La nostra è stata una grande storia d'amore, ma è durata poco. A un tratto, qualcosa si è spezzato e ti giuro, avrei voluto rimettere insieme i pezzi, ma se un amore nasce inaspettatamente, finisce nello stesso modo, senza una logica. Era il solo modo per fartelo capire…».

«Cosa significa?».

«Hai semplicemente anticipato il tuo arrivo l'altra sera. Ti avremmo comunque aspettato, solo facendomi trovare a letto con lei avresti compreso».

«E tu hai mai pensato alla mia sofferenza? Hai idea di quanto mi sia sentita umiliata, offesa, tradita?».

«Lo so e mi dispiace, ma non vi erano alternative».

«Almeno parliamone? Io sacrificherei la vita per te. Negli ultimi anni il nostro matrimonio ha avuto dei momenti bui, ma sono sicura che insieme possiamo farcela.

La verità… siamo tutti bravi a vedere le ferite esterne. Appena sei entrato hai notato immediatamente il taglio alla mano. Tutti noterebbero la mia piaga. Ma nessuno vede e si preoccupa delle ferite interne. Sembra che non abbiano valore, sono considerate lesioni superficiali guaribili in pochi giorni. Già, come il taglio che ho sulla mano. Lo vedi? Ormai si sta rimarginando. Ma dentro? Hai mai avuto il presentimento di quanto potessi soffrire? Hai avuto almeno il sospetto? Credo di no!

Quante notti, sveglia nel letto, con gli occhi fissi all'orologio, ho aspettato il tuo rientro, ignorando dove fossi… o facevo finta di non sapere.

E quando tornavi alle due del mattino e t'infilavi nel letto, ero consapevole di averti nuovamente diviso con un'altra. Ma appena ti avevo vicino, appena sentivo il tuo calore, il tuo respiro, appena mi stringevo a te dimenticavo tutto. Dovevo essere più forte, ma la mia è stata una scelta…

Nella vita ho dovuto subire umiliazioni atroci da parte di tutti. I rimproveri di mia mamma, il sarcasmo delle amiche, perfino i sorrisi beffardi del portiere. Poco importa, loro non possono comprendere. Ho sempre pensato e lo penso tuttora che l'amore va vissuto fino in fondo e finché nel mio cuore rimarrà la più piccola briciola di affetto per te, continuerò sulla mia strada. Potranno umiliarmi e deridermi quanto vogliono, ma io sono fatta così. Ho scelto di amarti totalmente e sono capace di mettermi contro il mondo intero per difendere quest'amore. Sì, riconosco che il mio modo di amare ti soffoca, ma voglio ancora credere alla nostra storia e spero che tu possa tornare a essere l'uomo meraviglioso conosciuto quel giorno al matrimonio. Ti chiedo solo di riprovarci, di non andare via».

«È finita, cerca di capire… in questi giorni manderò a prendere le mie cose».

Chiude la porta alle sue spalle.

È strano, non provo nulla, nessun dolore al petto e ho gli occhi completamente asciutti. Devo ancora realizzare.

Questa volta è finita. Per sempre. È andato via e

non tornerà più. Mi rimarrà solo la ricevuta firmata.

Mi siedo sul divano e respiro con calma.

Posso farcela anche senza di lui, ne sono convinta. Posso farcela anche senza di lui. Anche senza di lui.

Mi tremano le mani… il respiro torna affannoso… prendo il telefono e compongo il suo numero.

www.ingramcontent.com/pod-product-compliance
Ingram Content Group UK Ltd.
Pitfield, Milton Keynes, MK11 3LW, UK
UKHW041844200726
13854UKWH00005BA/2071